AF564345

1913-Avril 1er

EXPOSITION PUBLIQUE LE MARDI 1er AVRIL 1913

ESTAMPES

ANCIENNES DU XVIIIe SIÈCLE

VENTE

DES 2 & 3 AVRIL 1913

PARIS

Me ANDRÉ DESVOUGES
COMMISSAIRE-PRISEUR

M. A. GEOFFROY
EXPERT

FRAZIER-SOYE
GRAVEUR-IMPRIMEUR
153-157, RUE MONTMARTRE
PARIS

ESTAMPES ANCIENNES

des Écoles Française et Anglaise

du XVIIIe siècle

MODES

Caricatures — Scènes de Mœurs

SPORT

CONDITIONS DE LA VENTE

Elle sera faite au comptant.

Les acquéreurs paieront *dix pour cent* en sus des enchères.

L'expert se réserve la faculté de rassembler ou de diviser les lots, et remplira, aux conditions d'usage, les commissions que voudront bien lui confier MM. les Amateurs.

La Collection sera visible chez M. A. Geoffroy, 5, rue Blanche, du Mardi 25 au Samedi 29 Mars.

ORDRE DES VACATIONS

Mercredi	2 avril 1913	. . . .	Nos 1 à 148
Jeudi	3 »	. . . .	Nos 149 à Fin

L'Ordre du Catalogue sera suivi.

N° 21. BONNET. *Le Rendez-vous.*

CATALOGUE

D'UNE COLLECTION

D'ESTAMPES

ANCIENNES

des Écoles Française et Anglaise

du XVIIIe siècle

PAR OU D'APRÈS

Bartolozzi, Boilly, Bosio, Bonnet, Boucher, Cosway, Demarteau, Desrais, Fragonard, Guyot, Hoppner, Huet, Janinet, Lavreince, Morland, Reynolds, Saint-Aubin, Smith, Ward, Watteau, etc.

MODES

CARICATURES & SCÈNES DE MŒURS

SPORT

dont la vente aux enchères publiques aura lieu

HOTEL DROUOT, salle n° 6

Les Mercredi 2 et Jeudi 3 Avril 1913, à 2 heures

Commissaire-Priseur :

Me ANDRÉ DESVOUGES

Successeur de Me MAURICE DELESTRE

26, rue de la Grange-Batelière

Expert :

M. A. GEOFFROY

Marchand d'Estampes

5, rue Blanche

PARIS

EXPOSITION PUBLIQUE

Le Mardi 1er Avril 1913, de 2 heures à 5 h. 1/2

BARTOLOZZI (F.)

1. — MISS EYRE. D'après Cosway. 1778. In-8° au burin.

Joli portrait d'enfant en très belle épreuve tirée en *bistre*, avec l'adresse de Bartolozzi. Encadré.

BARTOLOZZI (F.)

2. — THEIR GRACES THE DUKE AND DUTCHESS OF *Marlborough* AND SON. D'après Shelley. 1783. In-8° au pointillé.

Très belle épreuve tirée en bistre, *avant la lettre*. Toutes marges.

BARTOLOZZI (F.)

3. — ZORAÏDA *the beautiful moor*. D'après A. Kauffman. Ovale in-8° au pointillé.

Magnifique épreuve *imprimée en couleurs* d'un joli petit portrait très rare. Elle est d'une grande fraîcheur et a toute sa marge.

BARTOLOZZI (F.)

4. — A Sacrifice to cupid.

The Triumph of Beauty and Love.

Deux pièces faisant pendants. D'après Cipriani. In-4° au pointillé.

Superbes épreuves *imprimées en couleurs*. Marges. Encadrées.

BAUDOUIN (d'après P. A.)

5. — La Toilette. Gravée par V. M. Picot en 1774, sous le titre *The Toilet*. Médaillon avec coins, petit in-fol. au burin.

Très belle épreuve d'une pièce fort rare, non décrite par Bocher. Marges. Encadrée.

BENWELL (d'après J. H.)

6. — Cupid disarmed.

Cupid's Revenge.

Deux petites pièces ovales faisant pendants. Gravées par Boillet. In-8° au pointillé.

Très belles épreuves *imprimées en couleurs*. Petites marges.

BERTAUX (d'après J.)

7. — La Marchande de Marrons.

La Marchande d'Herbes.

Deux gracieuses estampes de *Mœurs Parisiennes* sous le règne de Louis XV. Pendants gravés par Auvray. In-fol. au burin.

Très belles épreuves. Petites marges. Encadrées.

BIGG (d'après W.)

8. — LABOURER'S RETURN. Gravé par Ward. In-fol. à la manière noire.

Superbe épreuve *imprimée en couleurs*, sans aucune lettre. Petites marges.

BOILLY (d'après L.)

9. — LA JARRETIÈRE. Gravée par S. Tresca. In-fol. au pointillé.

Très belle épreuve *imprimée en couleurs*. Marges du cuivre.

BOILLY (d'après L.)

10. — LA PRÉCAUTION.
LA SOLITUDE.

Deux pièces faisant pendants. Gravées par S. Tresca. Petit in-fol. au pointillé.

Très belles épreuves tirées en *bistre*, de la même tonalité. Marges.

BOILLY (L.)

11. — SPECTACLE GRATIS. Scène du Paris de 1825. Lith. de V. Adam. In-fol.

Très belle épreuve *coloriée*, sur chine. Marges. Encadrée.

BOILLY (L.)

12. — UNE SCÈNE DES BOULEVARDS.
SAVOYARDS MONTRANT LA MARMOTTE.

Deux pièces faisant pendants. Lith. de Wattier. In-fol.

Très belles épreuves *coloriées*, sur chine. Marges. Encadrées.

BOILLY (L.)

13. — La Guinguette. 1826. In-fol. Lith. de Boilly.

Très belle épreuve *coloriée*. Marges. Encadrée.

BOILLY (L.)

14. — Le Singe Mendiant. Scène de la rue, 1824. Lith. de Boilly.

Très belle épreuve *coloriée*. Marges. Encadrée.

BOILLY (L. ?)

15. — Au Café. Vue de l'intérieur du Café de la Régence vers 1825. Lith. in-fol.

Très belle épreuve *coloriée*. Marges. Encadrée.

BOILLY (L.)

16. — Embrasse moi, ma Sœur. Charmante scène de famille. Lith. de Boilly.

Très belle épreuve *coloriée*. Marges. Encadrée.

BOILLY (L.)

17. — La Bonne Nouvelle.
La Mauvaise Nouvelle.

Deux pièces faisant pendants. Lith. de Boilly. 1824. In-fol.

Très belles épreuves *coloriées*. Marges. Encadrées.

BOILLY (L.)

18. — VOUS SEREZ HEUREUSE EN MÉNAGE...
ET L'OGRE L'A MANGÉ...
Deux pièces faisant pendants. Lith. de Boilly. In-fol.

Très belles épreuves *coloriées*. Marges. Encadrées.

BONNET (L.)

19. — SAMSON PRIS PAR LES PHILISTINS CHEZ DALILA. D'après un dessin d'Eisen fait sur un tableau de Van Dyck (n° 16). In-fol. à la manière du crayon.

Très belle épreuve *imprimée en couleurs*. Cette estampe se rencontre plus généralement en noir et blanc sur papier bleu, mais *rarement en couleurs*.

BONNET (L.)

20. — TÊTE dessinée par J. B. Huet et gravée par Bonnet (690) *avec les crayons de couleur du Sr Nadau*. Ovale in-fol. à la manière du crayon.

Très belle épreuve *imprimée en couleurs*. Petites marges. A été pliée.

BONNET (L.)

21. — LE RENDEZ-VOUS. D'après la gouache exposée par Baudouin en 1767, et que grava également De Launay (E. B. 41 et 45). 5e *Estampe au Pastel*, gravée par Bonnet en 1771 (n° 60). In-folio.

Superbe épreuve *imprimée en couleurs*, de toute fraîcheur. Filet de marges.

Voir la Reproduction en tête du Catalogue.

BONNET (L.)

22. — La Cuisinière Rusé (sic). D'après Chevaux (752). Petit in-4° au pointillé et au crayon.

Très belle épreuve *imprimée en couleurs*. Marges du cuivre.

BONNET (à Paris chez)

23. — Le Départ d'une Foire. D'après Huet (577). In-4° au lavis.

Très belle épreuve *imprimée en couleurs*, avec quelques rehauts. Petites marges. Encadrée.

BOREL (d'après A.)

24. — Les Engeoleurs. Gravé par J. B. Morret. Petit in-fol. au lavis de couleurs.

Très belle épreuve *imprimée en couleurs*. Petites marges. Encadrée.

BOUCHER (d'après F.)

25. — L'Education de l'Amour. Gravé par G. Demarteau (n° 24). In-fol. à la manière du crayon.

Très belle épreuve tirée en *sanguine*. Marges.

Voir la Reproduction.

BOUCHER (d'après F.)

26. — Tête de Jeune Fille de trois quarts à gauche. Gravée par P. J. Duret. In-fol. à la manière du crayon.

Très belle épreuve tirée en *bistre* avec planche de blanc, sur fond teinté imprimé. Petites marges.

BOUCHER (d'après F.)

27. — Têtes de Femmes. Gravées par W. Hébert, nos 3, 5, 6. In-4° à la manière du crayon.

Trois très belles épreuves tirées en *sanguine*. Marges. Rares.

BOUCHER (d'après F.)

28. — Tête de Jeune Fille de trois quarts à droite, les yeux baissés, ruban dans les cheveux. Gravée par Bonnet. In-4° à la manière du crayon.

Très belle épreuve. Marges. Rare.

BOUCHER (d'après F.)

29. — Une Baigneuse. Gravée par Bonnet en 1768 (n° 15). In-fol. à la manière du crayon.

Très belle épreuve *imprimée en couleurs*. Petites marges.

Voir la Reproduction.

BOUCHER (d'après F.)

30. — Vénus a sa Toilette. Gravée par Bonnet (598). In-4° à l'eau-forte et au burin.

Superbe et fraîche épreuve d'une jolie pièce gravée à l'eau-forte et au burin et *tirée en couleurs* à plusieurs planches. Marges. Rare.

BOUCHER (d'après F.)

31. — Vénus surprise par l'Amour. Gravé par Bonnet (210). In-4° à la manière du crayon.

Très belle épreuve *imprimée en couleurs*. Petites marges.

BOUCHER (d'après F.)

32. — Livre de Chinois. Dessiné par Boucher et gravé par Aveline. Suite de six pièces et un titre. In-fol. au burin.

Très belles épreuves. Cahier à toutes marges.

BOULARD (à Paris chez)

33. — La Leçon de Danse. Charmante petite pièce publiée à l'époque du 1er Empire. Sans noms d'artistes. In-4° au pointillé.

Très belle et fraîche épreuve *imprimée en couleurs*. Grandes marges. Encadrée.

BUCK (Adam)

34. — The Nymph of the Vineyard. Jeune femme dans l'attitude de la danse. Dessiné et gravé par Buck, 1802, un des maîtres renommés de l'école anglaise à cette époque. In-fol. à l'aquatinte.

Très belle épreuve *imprimée en couleurs*. Marges.

BUCK (Adam)

35. — SAY YOUR PRAYERS.
MY DEAR BOY.

Deux pièces faisant pendants. In-4° au pointillé.

Très belles épreuves *imprimées en couleurs*. Marges.

BUCK (Adam)

36. — MY DEAR LITTLE SHOCK. Dessiné et gravé par A. Buck. In-4° au pointillé.

Très belle épreuve *imprimée en couleurs*. Filet de marges. Encadrée.

BUCK (d'après Adam)

37. — SAVOYARDS. Trois jeunes femmes jouant du tambourin, de la viole et du triangle. Gravé par Wright et Ziegler. 1799. In-fol. au pointillé et à l'aquatinte.

Superbe épreuve *imprimée en couleurs*. Marges. Encadrée.

BUCK (d'après Adam)

38. — JEUNES FILLES DANSANT. Deux belles estampes faisant pendants. Gravées par Roberts et Stadler. 1816. In-fol. au pointillé et à l'aquatinte.

Superbes épreuves *imprimées en couleurs*. Elles sont très fraîches et ont un peu de marges. Rares.

BUCK (d'après Adam)

39. — THE MATCH GIRL. Gravé par P. Roberts. Médaillon in-8° au pointillé.

Très belle épreuve *en couleurs*. Marges. Encadrée.

CAMPION (C.)

40. — VUE DU CHATEAU DE LA CHAPELLE. *Dédiée à Monsieur et à M^de^ de Guillonville*, par leur Serviteur et Ami C. Campion. 1775.

0.30×0.23

Magnifique dessin à la plume, sur parchemin, d'une extrême finesse. Encadré.

Le Château de la Chapelle est situé près d'Orléans. Nous joignons le joli portrait, avant la lettre, de Mme de Guillonville, la châtelaine, également par Campion.

Voir la Reproduction.

CARDON (chez)

41. — IL M'AIME. Petit sujet gracieux. In-4° au pointillé.

Très belle épreuve *imprimée en couleurs*. Marges. Encadrée.

CARESME (d'après Ph.)

42. — VÉNUS AU BAIN.
VÉNUS SORTIE DU BAIN.

Deux pièces faisant pendants. Gravées en 1779 par L'Eveillé et publiées par Bonnet (521-522). In-4°. Médaillons au lavis dans un glomy imprimé à deux teintes.

Très belles et fraîches épreuves *imprimées en couleurs*. Petites marges. Encadrées.

Promenade de Longchamp

N° 60. Desrais.

N° 77. Cosway. *Infancy.*

N° 109. Huet.

N° 183. PETHER.

N° 75. COSWAY.

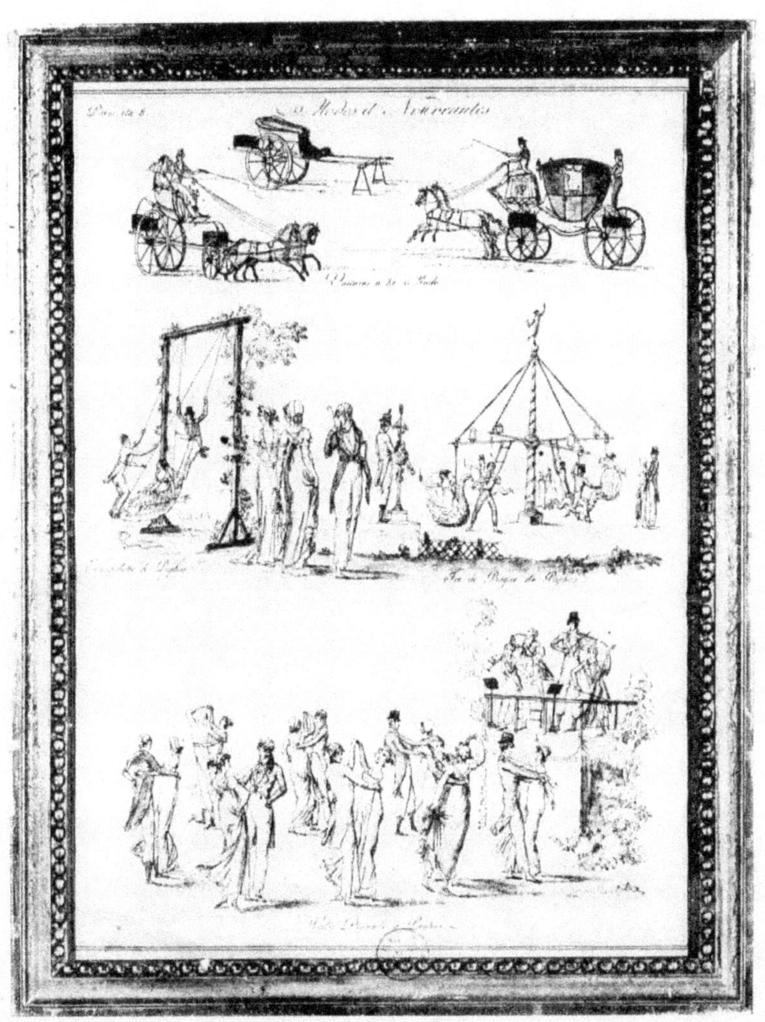

N° 45.

CARESME (d'après Ph.)

43. — Bacchanale. Nymphe fustigée par des Faunes. Sans nom de graveur. 1780. In-4° au lavis de couleurs.

Très belle épreuve *imprimée en couleurs* avec quelques rehauts. Filet de marges. Encadrée.

CARESME (d'après Ph.)

44. — La Petite Thérèse. Gravée par J. Couché. In-fol. à l'eau-forte et au burin.

Très belle épreuve, avec le titre, mais *avant la dédicace*. Plis restaurés. Petites marges.

Caricatures et Scènes de Mœurs

EPOQUE DIRECTOIRE

ET DÉBUTS DU XIXe SIÈCLE

45. — Walse dessinée a Paphos. — Escarpolette de Paphos. — Jeu de Bague de Paphos. — Voitures a la Mode. Feuille in-folio à plusieurs sujets, pour la série *Modes et Nouveautés. Paris, An 8.*

Pièce d'une grande rareté, *en couleurs*, en parfait état de conservation. Collée sur carton. Encadrée.

Voir la Reproduction.

46. — Le Mors aux Dents. *A Paris chez Depeuille.*

Très belle épreuve *coloriée* d'une très jolie pièce à voiture, donnant un aperçu de la mode sous le Directoire. Toutes marges.

47. — Les Amusements de la Bague Chinoise au Jardin de Tivoli.

Feuille dessinée par Desrais pour la *Mode du Jour* (nº 16) Directoire.

Très belle épreuve *coloriée*, d'une grande fraîcheur et à belles marges.

Voir la Reproduction.

48. — La Tireuse de Cartes.

Levez les Jambes, Madame...

Deux pièces dessinées par Desrais pour la *Mode du Jour*.

Très belles épreuves coloriées. Marges.

49. — Les Glaces.

La Balançoire.

Deux pièces de mœurs des débuts du XIXe siècle.

Très belles épreuves *coloriées*. Marges.

50. — Jeu de Roulette. *Faites le Jeu Messieurs.*

Pièce publiée chez Jean sous le Directoire.

Très belle épreuve *coloriée*. Marges. Rare.

51. — Le Désagrément d'aller a pied.

Désagrément de rendre ses visites a pied.

Deux feuilles publiées pour l'*Elégance Parisienne* (nº 1) et *Caricatures Parisiennes*. Elles représentent les embarras de la rue et les ennuis de la boue projetée par les voitures de place !... au début du XIXe siècle.

Très belles épreuves *coloriées*. Marges.

52. — MENUET DE Mr ET Mme DENIS.

LENDEMAIN DE NOCES DE Mr ET Mme DENIS.

Mr DENIS S'ÉMANCIPANT.

Mme DENIS SE RAVISANT.

L'ANGUILLE DE MELUN.

LES EPOUX DU XVIIe SIÈCLE.

Mr DENIS LUI PASSANT LA MAIN SOUS LE MENTON.

Mr ET Mme DENIS A LA PROMENADE (DU MARAIS) AVEC LEURS FILLES A MARIER.

Suite de huit charmantes estampes sur la délicieuse histoire de Mr et Mme Denis

Souvenez vous en
Souvenez vous en

Très belles épreuves *coloriées*. Marges. Rares réunies.

53. — LE PORTIER.

LE BERCEAU D'AMOUR.

Deux pièces publiées chez Martinet sous le 1er Empire, montrant les jeux de société à la mode.

Très belles épreuves *coloriées*. Marges.

54. — LE NOUVEAU PÂRIS OU L'AMOUR A L'ANGLAISE.

Pièce publiée chez Genty sur les amusements des anglais à Paris. Epoque Empire.

Très belle épreuve *coloriée*. Marges. Rare.

55. — Le M^d^ Turc au Palais Royal, *ou le Désir des Femmes.*

Divertissements des Anglais en Belgique, *ou le Souper chez Mamour.*

Jocrisse devenu mauvais Sujet. *Désespoir de son Père.*

Trois estampes sur les mœurs libres des débuts du XIXe siècle.

Très belles épreuves *coloriées*. Marges.

56. — La Pudeur trahie.

Le Désagrément des Ruisseaux.

Les Inconvénients des Marchés de Campagne.

Le Coup d'Œil de Contrebande.

Trois caricatures grivoises publiées sous le 1er Empire.

Très belles épreuves coloriées. Marges.

57. — Cabaret de la Mère Radis.

Les Plaisirs de La Villette ou la Mère Radis a son Comptoir.

La Mère Radis recevant de ses chalans des compliments de condoléance.

Trois pièces publiées au début du XIXe siècle, sur cette guinguette fréquentée des Parisiens.

Très belles épreuves *coloriées*. Marges. Rares.

58. — ENCORE DES ORIGINAUX.

LA COCOTE A LA MODE.

LA FAMILLES DES JOBARS ALLANT A LA PROMENADE.

Trois estampes des mœurs de débuts du XIXe Siècle.

Très belles épreuves coloriées. Marges.

59. — THE CARICATURE MAGAZINE *or Hudibrastic Mirror*. By G. M. Woodward. — London published by Teg. 1809-1813. 2 vol. in-fol. cartonnés.

Ces deux volumes de caricatures, impossible à réunir aujourd'hui, contiennent 207 planches, moins les n°s 110 et 165. Mais ces numéros furent probablement omis à l'édition, car on rencontre de nombreux numéros doubles, ce qui prouve une numérotation peu soignée.

Nous relevons, au total, 2 Titres — 1 Frontispice — 1 Planche de clôture : en tout 215 planches.

A côté de nombreuses feuilles de mœurs signées Woodward, Cruickshank, Rowlandson, etc., nous devons signaler 37 planches rares relatives à Napoléon Ier.

Voir la Reproduction.

CAYLUS (Cte de)

60. — Je serai sage. Petit sujet galant gravé en 1786. Ovale in-12 au lavis de couleurs.

Très belle épreuve *imprimée en couleurs.* Sans marges. Encadrée.

CHAILLOU (à Paris chez)

61. — Le Repos de Vénus. Gravé par J. B. Chapuy ? Ovale in-4° au lavis de couleurs.

Superbe et très fraîche épreuve *imprimée en couleurs.* Toutes marges. Rare en cet état.

CHALLE (d'après)

62. — Le Baiser donné.

Le Baiser refusé.

Deux estampes faisant pendants. Gravées par Bonnet (838 et 839). Petit in-4° au pointillé et au crayon.

Très belles épreuves *imprimées en couleurs.* Filets de marges. Rares.

CHALLE (d'après M. A. C.)

63. — La Ruelle. Gravée par Malapeau. In-fol. au burin.

Très belle épreuve. Marges du cuivre.

CHALLE (d'après M. A. C.)

64. — Familiarité dangereuse. Gravée par Marchand. In-fol. au burin.

Très belle épreuve *avant toute lettre*. Marges.

CHALLE (d'après M. A. C.)

65. — La Pantoufle. Gravée par Marchand. In-fol. au burin.

Très belle épreuve *avant toute lettre*. Marges du cuivre.

CHALLE (d'après M. A. C.)

66. — Les appas multipliés. Gravé par Dennel. In-fol. au burin.

Très belle épreuve *avant toute lettre*. Marges.

CHAPUY (J. B.)

67. — Les Amusements Champêtres.

Les Plaisirs de l'Été.

Deux belles estampes décoratives faisant pendants. D'après Pietkin. In-fol. au lavis de couleurs.

Très belles épreuves *imprimées en couleurs*. La première avec marges.

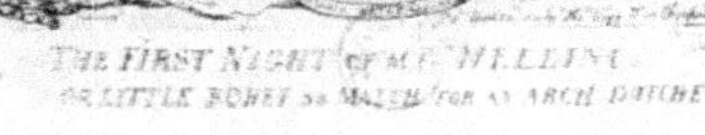

N° 59. *The Caricature Magazine.*

N° 47. Desrais.

N° 40. Campion.

N° 85. Demarteau.

N° 86. Demarteau.

N° 102. Harlow.

CHEVAUX (d'après)

68. — L'Aimable Sollicitation. Un jeune officier tient serrée à la taille une jeune et charmante femme aux yeux baissés, mais au corsage entrouvert, qui se fait prier pour accéder à son aimable sollicitation. Gravé par M. L. Legrand. *A Paris chez Bonnet* (645). Ovale in-8° à la manière du crayon.

Très belle et fraîche épreuve *imprimée en couleurs.* Marges.

CHEVAUX (d'après)

69. — La Bonne Maman. Gravée par Pitou. Bonnet 685. Ovale in-8° à la manière du crayon.

Très belle épreuve *imprimée en couleurs.* Petites marges.

CHEVAUX (d'après)

70. — L'Oiseau Chéri. Gravé par Pilon. Bonnet 669. Ovale in-8° à la manière du crayon.

Très belle épreuve *imprimée en couleurs.* Petites marges. Conservée dans son cadre ancien.

CHEVAUX (d'après)

71. — La Gouvernante Discrette. Gravée par Bonnet (763). Médaillon in-12 à la manière du crayon.

Très belle épreuve *imprimée en couleurs.* Marges. Encadrée.

CHOFFARD (P. P.)

72. — Diplome de Maitre. Gracieuse et large composition dessinée par Boucher en 1765 et gravée par Choffard en 1766. L'artiste y a ingénieusement groupé tous les symboles des trois premiers grades. In-fol. au burin.

Superbe et rare épreuve *avant la lettre*. Grandes marges.

Voir la Reproduction sur la Couverture du Catalogue.

COLIBERT

73. — Dancing Dog. Portrait de miss *Ann Trevingard*. Ovale au pointillé.

Très belle épreuve tirée en *bistre*. Encadrée à l'ovale.

Voir la Reproduction.

CONDÉ (J.)

74. — Her Royal Highness the Dutchess of York. Dessinée et gravée en *miniature* par J. Condé. Ovale in-8° au pointillé.

Superbe épreuve *imprimée en couleurs*. Marges. Rare en cet état.

COSWAY (d'après R.)

75. — The R[t] Honble Lady Christine Reede *Gingkel*. Gravée par S. W. Reynolds. In-fol. à la manière noire.

Magnifique épreuve *imprimée en couleurs*. Elle est très fraîche et a toute sa marge. Rare en aussi belle qualité.

Voir la Reproduction.

COSWAY (d'après R.)

76. — The Honble Mrs Damer. Gravée par L. Schiavonetti. 1794. In-8° au pointillé.

Superbe et rare épreuve *imprimée en couleurs.* Marges.

COSWAY (d'après R.)

77. — Infancy. Gravé par C. White. Ovale in-4° au pointillé.

Charmant sujet d'enfant en très belle épreuve avec marges.

Voir la Reproduction.

DANLOUX (d'après)

78. — La Surprise agréable. Gravée par Jonxis. 1789. In-fol. au burin.

Très belle épreuve *avant la dédicace* d'une charmante pièce fort peu connue. Marges.

DEBUCOURT (P. L.)

79. — Les Courses du Matin, ou la Porte d'un Riche. Pièce la plus importante de la suite sur les *Mœurs et Ridicules du Jour.* Gravée par Debucourt, Ventôse An XIII (M. F. 173). In-fol. à l'aquatinte.

Très belle épreuve *en couleurs.* Marges. Restauration au centre. Encadrée.

DEBUCOURT (P. L.)

80. — La Main Chaude. Gravée par Rhemhild. — Le Colin Maillard. Gravé par Esbrard d'après Wilkie. In-fol. à l'aquatinte.

Très belles épreuves. Marges.

DEMARTEAU (G.)

81. — Autel de l'Amitié. D'après Boucher (n° 75). In-fol. à la manière du crayon.

Très belle épreuve tirée en *sanguine*. Sans marges. Encadrée.

DEMARTEAU (G.)

82. — La Bergère endormie. D'après Boucher (n° 111). In-4° à la manière du crayon.

Très belle épreuve tirée en *sanguine*. Marges.

DEMARTEAU (G.)

83. — La Bergère surprise endormie. D'après Boucher (n° 137). In-fol. à la manière du crayon.

Superbe épreuve tirée en *sanguine*. Elle est très fraîche et a toute sa marge.

Voir la Reproduction.

DEMARTEAU (G.)

84. — Tête de Femme. Etude d'après Boucher (n° 152). *Cinquième estampe à plusieurs crayons.* In-4° à la manière du crayon.

Très belle épreuve *aux crayons de couleurs*. Sans marges.

DEMARTEAU (G.)

85. — Jeune Femme de face, cheveux relevés, fil de perles tombant derrière l'oreille. D'après Boucher (n° 249). *Quinzième estampe à plusieurs crayons.*

Superbe épreuve *imprimée en couleurs.* Elle est très fraîche et a un filet de marges.

Voir la Reproduction.

DEMARTEAU (G.)

86. — Jeune Fille de profil à gauche, mouche à l'œil, le chapeau en arrière, ruban noué sous le menton. D'après Frédou (n° 422). In-4° à la manière du crayon.

Superbe épreuve *aux crayons de couleurs.* Très rare.

Voir la Reproduction.

DEMARTEAU (G.)

87. — Léda.

Ariane.

Deux pièces faisant pendants. D'après Boucher et Le Barbier (n°s 468-469). In-4° à la manière du crayon.

Très belles épreuves *aux crayons de couleurs.* Filet de marges.

DEMARTEAU (G.) ?

88. — PORTRAIT DE LA MARQUISE DE A. F. avec la devise : *Qui trouvera mieux.* In-8° à la manière du crayon.

Très belle épreuve tirée en *sanguine*, *avant la lettre*. Encadrée.

DESRAIS (d'après C. L.)

89. — PROMENADE DU BOULEVART ITALIEN, OU PETIT COBLENTZ. *Avril 1797*. Gravé par E. Voysard. In-fol. au burin.

Très belle épreuve ancienne, *en couleurs*, sans le feuillage aux arbres. Encadrée.

Cette pièce fort rare donne un curieux aspect du Paris mondain à la fin du XVIIIe siècle, en pleine époque *Directoire*.

DESRAIS ? (d'après C. L.)

90. — PROMENADE DE LONGCHAMP. AN X. 1802. A Paris chez Martinet. In-fol. au burin.

Très belle épreuve *en couleurs*. Grandes marges. Restauration dans le bas à gauche.

Pièce peu commune, donnant comme la précédente l'aspect de la Promenade favorite des Parisiens de Bon Ton pendant la période du *Consulat*.

Voir la Reproduction.

DICKINSON (W.)

91. — Lydia.
Silvia.

Deux jeunes femmes couchées, en déshabillé de nuit, les seins découverts. D'après W. Peters. Ovales in-4° au pointillé.

Très belles épreuves tirées en *bistre*. Charmantes pièces du XVIIIe galant. Petites marges. Encadrées à l'ovale.

DOWNMAN (d'après J.)

92. — As you like it. Interprétation d'une des scènes de Shakspeare. Gravée par W. Lenoy. 1800. In-fol. au pointillé.

Superbe épreuve *imprimée en couleurs*. Marges. Encadrée.

ECOLE ANGLAISE DU XVIIIe SIÈCLE

93. — Maternal Duty. Sans noms d'artistes. Ovale in-4° au pointillé.

Très belle épreuve tirée en *bistre*. Marges. Encadrée

ECOLE ANGLAISE DU XVIIIe SIÈCLE

94. — A Portrait of a Girl. Estampe très délicatement gravée sans noms d'artistes. In-fol. au pointillé.

Très belle épreuve tirée en bistre, *avant toute lettre*. Marges. Encadrée.

FRAGONARD (d'après **H**.)

95. — La Mère de Famille. Gravée par A. Romanet. In-fol. au burin.

Très belle épreuve. Toutes marges.

FRAGONARD (d'après **H**.)

96. — Sapho. Charmante composition gravée par Mlle Angélique Papavoine. Ovale in-4° au pointillé.

Très belle épreuve. Marges.

FREDOU (d'après **J. M.**)

97. — Jeune Femme endormie sur un sopha, son petit chien près d'elle. Gravée par Demarteau (n° 418). In-4° aux crayons de couleurs.

Superbe épreuve *imprimée en noir et sanguine*. Filet de marges. Rare.

Voir la Reproduction.

FREDOU (d'après **J. M.**)

98. — Tête de Jeune Femme de profil à gauche, petit chapeau plat, ruban noué au cou. Sans nom de graveur. Petit in-4° à la manière du crayon.

Très belle épreuve tirée en *sanguine*. Marges du cuivre.

La promenade du Jardin Turc

N° 133. JAZET.

Mme. FAVART Rôle de Roxelane

Pensionnaire du Roi reçue à la Comédie Italienne en 1752

N° 30. [illegible]

N° 128. JANINET.

N° 143. *The Pleasures of Solitude.*

N° 150. *Modes.*

Nº 142. LAWRENCE. *The Maryborough Family.*

GARDNER (d'après D.)

99. — Mrs Crewe. Gravée par T. Watson. Ovale in-4° au pointillé.

Très belle épreuve *en couleurs*. Marges. Encadrée.

GAUCIE (d'après)

100. — Painting.
Geography.

Deux pièces faisant pendants. Gravées par C. L. Busby. 1813. In-4° au pointillé.

Charmants sujets d'époque Empire. Très belles épreuves *imprimées en couleurs*. Marges.

GAUGAIN (T.)

101. — The Wife of Bath.

« Approach my spouse and let me hiss thy check ».

Dessiné et gravé par Gaugain. 1783. Ovale petit in-4° au pointillé.

Très belle épreuve *imprimée en couleurs*. Encadrée à l'ovale.

HARLOW (d'après G. H.)

102. — The Proposal.
Congratulation.

Deux belles estampes faisant pendants. Gravées par J. P. Dawe. In-fol. à la manière noire.

Superbes et rares épreuves *imprimées en couleurs*. Elles sont fraîches et ont de la marge. Encadrées.

Voir la Reproduction.

HOPPNER (d'après J.)

103. — Lady Charlotte Campbell. Gravée par C. Wilkin. In-4° au pointillé.

Très belle épreuve tirée en *bistre*. Filet de marges. Encadrée.

HOPPNER (d'après J.)

104. — Fetching Water. Jeune femme et son enfant allant à la fontaine. Gravée par T. Nugent. 1804. In-fol. au pointillé.

Très belle épreuve *imprimée en couleurs*. Petites marges. Doublée. Encadrée.

HUCK (d'après Gerhard)

105. — The Mouse Trap. Gravée par Th. Park 1786. Gr. in-fol. à la manière noire.

Très belle épreuve. Marges.

HUCK (d'après Gerhard)

106. — The Bird's Nest. Estampe faisant pendant à la précédente. Gravée par V. Green 1787. Gr. in-fol. à la manière noire.

Très belle épreuve. Petites marges.

HUET (d'après J. B.)

107. — L'Amour offrant des Présents a Arianne.

Offrande présenté par l'Amour a la Fidélité.

Deux pièces faisant pendants. Gravées par Bonnet (994 et 995). In-fol. à la manière du crayon.

Très belles et fraiches épreuves *imprimées en couleurs.* Marges. Encadrées.

HUET (d'après J. B.)

108. — Vénus donnant ses Ordres a l'Amour.

Les Amours rendant Hommage a Vénus.

Deux estampes faisant pendants. Gravées par Bonnet 635-636. (In-4°) au crayon et au pointillé.

Très belles épreuves *imprimées en couleurs.* Marges. Encadrées.

HUET (d'après J. B.)

109. — Les Adieux du Fermier. Gravé par Jubier (Bonnet 655). In-fol. au lavis de couleurs.

Superbe épreuve *imprimee en couleurs.* Marges.

Voir la Reproduction.

HUET (d'après J. B.)

110. — Les Laveuses.
Les Pêcheurs.

Deux estampes faisant pendants. Gravées par Jubier (Bonnet 410 et 411). In-fol. à la manière du crayon.

Très belles épreuves *imprimées en couleurs*. La première a la marge du cuivre, la seconde toute sa marge.

HUET (d'après J. B.)

111. — Jupiter métamorphosé en Diane pour surprendre Calysto. Gravé par Bonnet (734). In-4° au lavis de couleurs.

Très belle épreuve *imprimée en couleurs*. Sans marges. Encadrée.

HUET (d'après J. B.)

112. — L'Heureux accident. Gravé par De Lacour. In-fol. au pointillé.

Très belle épreuve *imprimée en couleurs*, avec rehauts. Marges.

HUET (d'après J. B.)

113. — Le Départ du Marché.
Le Retour du Marché.

Deux pendants gravés par L. Legrand (Bonnet 972-973). In-8° au pointillé et au crayon.

Très belles épreuves imprimées en couleurs. Petites marges.

HUET (d'après J. B.)

114. — La Terre. Gravée par Bonnet. Ovale in-4° au lavis de couleurs.

Très belle épreuve *imprimée en couleurs.* Marges.

HUET (d'après J. B.)

115. — Tête de Jeune Fille en chemisette décolletée et ruban dans les cheveux. Gravée par Demarteau (n° 590). In-8° à la manière du crayon.

Très belle épreuve *imprimée en couleurs.* Filet de marges.

Voir la Reproduction.

HUET (d'après J. B.)

116. — Le Tendre Engagement. Gravé par Bonnet (670). Ovale in-12, au pointillé et au crayon.

Très belle épreuve *imprimée en couleurs.* Encadrée à l'ovale.

HUET (d'après J. B.)

117. — La Bonne Ruse. Gravé par Bonnet. Ovale in-12 au pointillé et au crayon.

Très belle épreuve *imprimée en couleurs.* Filet de marges. Encadrée à l'ovale.

HUET (d'après J. B.)

118. — Le Mouton Chéri. Gravé par Demarteau (434). Petit in-fol. à la manière du crayon.

Superbe épreuve *aux crayons de couleurs.* Petites marges. Encadrée.

HUET (d'après J. B.)

119\. — Le Tendre Baiser..... Gravé par Bonnet? Délicieuse petite pièce grivoise in-8° au lavis.

Superbe épreuve tirée en *bistre*. Marges. Encadrée. Rare.

HUET (d'après J. B.)

120\. — Le Serment de Fidélité devant l'Autel de l'Amour. Pastorale à sujet d'animaux. Gravée par Demarteau (367). In-4° à la manière du crayon.

Très belle épreuve imprimée en sanguine. Marge du cuivre. Encadrée.

HUET (d'après J. B.)

121\. — Autel de la Liberté Française. Gravé par Hétier. Ovale in-fol. au pointillé.

Très belle épreuve *imprimée en couleurs*. Marges du cuivre.

Huet dessina ce sujet dans le goût nouveau. Dans le même genre que ses jeux d'enfants, mais sur une plus grande échelle, il a représenté « une jeune bourgeoise de Paris qui insinue à ses enfants le goût militaire ».

HUET (d'après J. B.)

122\. — Les Echasses. Gravé par Bonnet (1016). Petit in-4° à la manière du crayon.

Très belle épreuve *imprimée en couleurs*. Petites marges. Encadrée.

HUET (d'après J. B.)

123. — Le Coq secouru. Gravé par Bonnet (1019). Petit in-4° à la manière du crayon.

Très belle épreuve *imprimée en couleurs.* Remargée. Encadrée.

HUET (d'après J. B.)

124. — Le Drapeau National. Gravé par Bonnet (1030). Petit in-4° à la manière du crayon.

Très belle épreuve *imprimée en couleurs.* Petites marges. Titre refait. Encadrée.

HUET (d'après J. B.)

125. — Le Tambour National. Gravé par Bonnet (1031). Petit in-4° à la manière du crayon.

Très belle épreuve *imprimée en couleurs.* Petites marges. Titre refait. Encadrée.

ISABEY (d'après J. B.)

126. — Madame Talma. Gravé par Mécou ? Ovale in-8° au pointillé.

Superbe épreuve *imprimée en couleurs. Avant la lettre.* Toutes marges.

ISABEY (d'après J. B.)

127. — Salle d'Exhibition de J. Isabey, *à Londres en juin 1820.* Gravé par W. Bennett. In-fol. à l'aquatinte.

Très belle épreuve *en couleurs.* Toutes marges.

JANINET (F.)

128\. — L'Aimable Paysanne. D'après St Quentin. In-4° au lavis de couleurs.

Très belle épreuve *imprimée en couleurs*. Marges du cuivre.

Voir la Reproduction.

JANINET (F.)

129\. — Mlle Colombe l'Ainée, Pensionnaire du Roi reçue à la Comédie Italienne en 1773. D'après Le Moine. Ovale in-8° au lavis de couleurs.

Superbe épreuve *imprimée en couleurs*. Elle est d'une grande fraîcheur de ton et montée sur un entourage dessiné spécialement. Encadrée.

JANINET (F.)

130\. — Mme Favart, *Rôle de Roxelane*. Pensionnaire du Roi, reçue à la Comédie Italienne en 1752. In-8° au lavis de couleurs.

Superbe et très fraîche épreuve *imprimée en couleurs*. Marges.

Voir la Reproduction.

JANINET (F.)

131\. — Joseph et Zaluca.
Tarquin et Lucrèce.

Deux petites pièces faisant pendants. D'après Ch. Eisen. In-8 au lavis de couleurs.

Très belles épreuves *imprimées en couleurs*. Marges.

L'ÉDUCATION DE L'AMOUR

N° 23. — Boucher.

A Paris chez Demarteau Graveur du Roi rue de la Pelleterie a la Cloche

N° [illegible]. — A Lady at her Toilet

N° [illegible]. — Demarteau

N° [illegible] — Modes

N° 29. — Une Baigneuse

JANINET (F.)

132. — Vue des Environs de Paris. Paysage d'après Moreau. In-fol. au lavis de couleurs.

Très belle épreuve *imprimée en couleurs*. Marges du cuivre.

JAZET

133. — La Promenade du Jardin turc. Dessinée par J. J. de B^t et gravée par Jazet. In-fol. à l'aquatinte.

Superbe épreuve, *imprimée en couleurs*, d'une pièce très importante, donnant l'aspect d'un des coins les plus animés de Paris au début du XIXe siècle. Marges.

Voir la Reproduction.

JUBIER

134. — La Petite Pêche. Paysage d'après Moreau. Bonnet (325). Petit in-fol. au lavis de couleurs.

Très belle épreuve *imprimée en couleurs*. Grandes marges.

KAUFFMAN (d'après Angelica)

135. — Venus attired by the Graces.
The Jugement of Paris.

Deux estampes faisant pendants. Gravées par F. Bartolozzi. Ovales in-fol. au pointillé.

Très belles épreuves imprimées *en bistre*. Petites marges. Encadrées à l'ovale. Rares réunies.

KAUFFMAN (d'après Angelica)

136. — Ofrande au Dieu Pan. Gravé par W. Ryland. Médaillon in-fol. au pointillé.

Très belle épreuve *imprimée en couleurs*. Marges.

KAUFFMAN (d'après Angelica)

137. — Blindman's Buff. Gravé par Thouvenin. Ovale in-fol. au pointillé.

Très belle épreuve *imprimée en couleurs*. Filet de marges. Encadrée en médaillon.

LAURIE (London publ. by)

138. — The Bold Boy. Estampe galante anglaise, sans nom de graveur. 1794. Médaillon in-4° au pointillé.

Très belle épreuve *en couleurs*. Marges. Encadrée.

LAVREINCE (d'après N.)

139. — Le Concert agréable. Gravé par C. N. Varin en 1784 (E. B. 13). In-fol. au burin.

Très belle épreuve, rognée à l'intérieur de l'encadrement. Encadrée.

LAVREINCE (d'après N.)

140. — Le Déjeuner anglais. Gravé par Vidal (E. B. 17). In-fol. à l'aquatinte,

Très belle épreuve *en couleurs*. Remargée.

LAVREINCE (d'après N.)

141. — Le Roman dangereux. Gravé par Helman 1781 (E. B. 56). In-fol. au burin.

Très belle épreuve d'une des plus jolies pièces du XVIIIe galant. Marges du cuivre.

LAWRENCE (d'après Sir Th.)

142. — The Three Sisters of the Maryborough family.
Lady Mary Bagot.
Lady Burghersh.
Lady Fitzroy Somerset.

Superbe planche gravée par J. Thomson. In-fol. au crayon et au pointillé.

Très belle et fraîche épreuve *avant la lettre*, tirée sur papier de chine. Marges. Encadrée.

Voir la Reproduction.

LE PRINCE (d'après J. B.)

143. — The Pleasures of Solitude. Gravé par L. Bonnet (387). Petit in-fol. au pointillé et à la manière du crayon.

Superbe et fraîche épreuve imprimée en couleurs. Marges du cuivre.

Voir la Reproduction.

MALLET (d'après)

144. — Les Bonnes Amies. Gravé par De Sève. Ovale in-fol. au pointillé.

Très belle épreuve *imprimée en couleurs*. Marges.

MALLET (d'après)

145. — LE PETIT GRAND SULTAN. Gravé par Benoist. In-8° au pointillé.

Très belle épreuve imprimée en couleurs. Marges. Encadrée.

MARCUARD (R.-S.)

146. — THE ITALIAN FRUIT SELLER. D'après W. Peters. Ovale au pointillé.

Très belle épreuve tirée en *bistre*. Encadrée à l'ovale.

Voir la Reproduction.

MARIN-BONNET (L.)

147. — L'ESPOIR D'UN HEUREUX JOUR.
LES REVERS DE LA FORTUNE.

Deux pièces faisant pendants. Gravées par L. Marin-Bonnet, d'après Bounieu. Petit in-fol. au crayon et au pointillé.

Superbes épreuves *imprimées en couleurs*. Marges.

MILLAR

148. — RUSTIC COURTSHIP. D'après Roberts. *London publ. 1793 by Read.* Grand in-fol. au pointillé.

Superbe épreuve *imprimée en couleurs*. Petites marges. Encadrée.

MODES ET COSTUMES

149. — Femme de qualité en deshabillé sortant du lit.
Femme de qualité en deshabillé négligé.
Femme de qualité aux Thuilleries.

Trois pièces sur les modes d'époque Louis XIV Par de Saint-Jean. 1686-1694.

Très belles épreuves. Petites marges.

MODES ET COSTUMES

150. — Dame qui va entrer au bain.
Dame a sa toilette.
Dame de qualite jouant au jeu de l'hombre.
Un Cavalier et une Dame beuvant du chocolat.

Quatre estampes de modes et de mœurs, fin XVIIe. Par N. Bonnart.

Très belles épreuves. Marges.

MODES ET COSTUMES

151. — Femme de qualité estant a sa toilette.
Femme de Marchand en deshabillé d'Esté.
Fille de qualité en habit d'Hyver.
Le Jeu de Boule.

Quatre intéressantes pièces de modes. Par N. Arnoult. 1687-1689.

Très belles épreuves. Marges.

MODES ET COSTUMES

152. — Le Jeu de Lansquenet.

Jeu de Cartes et de Dés.

Suite de quatre petites pièces d'époque Louis XIV, publiées chez Demortain, in-12 au burin.

Très belles épreuves, réunies en un cadre. Rares.

MODES ET COSTUMES

153. — L'adresse du faiseur de corps aux Dames. Par H. Gravelot. London publ. 1748. Petit in-folio au burin.

Très belle épreuve. Filet de marges. Rare.

MODES ET COSTUMES

154. — Têtes et Coiffures. Suite complète de douze figures de femmes en chapeaux et bonnets. Gravées par R. Laurie, d'après R. Dighton. *London printed for J. Smith 1778.*

Superbes épreuves à la manière noire. Elles sont très fraîches et ont toutes leurs marges. Rares en cet état.

MODES ET COSTUMES

155. — A little, pretty, witty, Charming She.

The Happy News.

The Work's unfinished and neglected lie.

Suite de six estampes de modes et mœurs anglaises. 1779. Gravées au pointillé par Elias Martin.

Très belles épreuves tirées en *bistre*, d'une série rare. Toutes marges.

Voir la Reproduction.

MODES ET COSTUMES

156. — Jeune Dame se faisant porter son enfant dans une barcelonette, pour l'alaiter a la promenade.

Jeune Gouvernante aidant a marcher un enfant fort jeune.

Enfants jouant... etc...

Suite complète des six planches formant le *32e Cahier de Costumes Français.* H. H. 187 à 192.

Très belles épreuves *coloriées*, en parfait état et avec marges. Rares à trouver réunies.

Voir la Reproduction.

MODES ET COSTUMES

157. — Les Délassemens du Bois de Boulogne. Planche pour la *Galerie des Modes.* Gravée par Dupin, d'après Le Clerc.

Très belle épreuve *coloriée.* Marges.

MODES ET COSTUMES

158. — Jeune élégante vêtue d'un pierrot a poches.... Planche pour la *Galerie des Modes* (I. I. I.. 342). Gravée par Dupin, d'après Watteau fils.

Très belle épreuve. Petites marges.

MODES ET COSTUMES

159. — ILS ONT ÉTÉ, ILS SONT ET ILS SERONT. La Folie, sa Marotte à la main, chassant les modes passées et en amenant une nouvelle. Satire sur les modes des débuts du XIXe siècle.

Très belle épreuve coloriée. Marges.

MODES ET COSTUMES

160. — FASHIONS FOR SUMMER 1831. *Wiew near the Pavillion, Brighton.* Planche publiée par un grand couturier de Londres et donnant les modes du jour, en même temps qu'une belle vue de Brighton, où le Roi et la Famille Royale sont salués par la foule. In-fol. à l'aquatinte.

Superbe et fraiche épreuve *imprimée en couleurs.* Marges. Très rare.

Voir la Reproduction.

MODES ET COSTUMES

161. — WINTER FASHIONS FOR 1834-1835. *A view in the Pantheon, London.* Pièce faisant pendant à la précédente, et tout aussi curieuse. In-fol. à l'aquatinte.

Superbe et fraiche épreuve *imprimée en couleurs.* Marges. Très rare.

N° 186. Colibert. *Young Englishmen.*

N° 201. Jukes. *See-Saw.*

N° 206. Pierson. *Children Bird Nesting.*

Nº 195. — Guyot.
L'Oiseau privé.

Nº 197. — Guyot.
Les Soins maternels.

Nº 203. — Miller.
The Show.

Nº 198. — Isabey.
Le Retour.

Nº 187. — De Gouy.
La Bonne Mère.

Nº 208. — Romney.
Serena.

Nº 189. Van Assen, *Amusement*

Nº 212. Van Assen, *Little Pedlar*.

Nº 204. Lavreince, *Le Soir*.

Nº 215. Wheatley, *Villager*.

Nº 203. Kauffman, *Birth of Shakespeare*.

Nº 214. Van Assen, *Bob Cherry*.

N° 185. BOILLY.
La Précaution.

N° 73. COLIBERT.
Dancing Dog.

N° 146. MARCUARD.
Fruit Seller.

MODES ET COSTUMES

162. — Summer Fashions for 1841. *View, Windsor Castle*. Estampe faisant suite aux deux précédentes. On y voit le Roi et la Reine rentrant en phaéton au château de Windsor, suivis de leur escorte. In-fol. à l'aquatinte.

Très belle épreuve *imprimée en couleurs*, les premiers plans rehaussés. Marges.

MONDET

163. — Narcisse. Jeune négrillon au service de Madame la Duchesse de Chartres. D'après De Lorme. In-fol. au burin.

Très belle épreuve d'une estampe peu commune présentée dans un joli entourage gravé, avec attributs de musique.

MONSIAU (d'après)

164. — L'Inoculation de l'Amour. Planche pour la *Nouvelle Héloïse*. Partie 2ᵉ. Lettre 42. Gravée par Patas. In-4° à l'eau-forte.

Très belle et rare épreuve du 1er état, *à l'eau forte pure*. Grandes marges. On y a joint l'état terminé.

MOREAU LE JEUNE (J. M.)

165. — Le Bal Masqué.
Le Festin Royal.

Deux estampes gravées à l'occasion des Fêtes données au Roi par la Ville de Paris, lors de la naissance du Dauphin. 1782 (E. B. 200 et 201 — M. 72 et 78). In-fol. à l'eau-forte et au burin.

Très belles épreuves. Marges du cuivre.

MOREAU LE JEUNE (J. M.)

166. — Le Festin Royal (E. B. 201 — M. 78). In-fol. à l'eau-forte et au burin.

Très belle et rare épreuve dans un état d'eau-forte assez avancé, mais cependant non achevée au burin. Elle est avant toute lettre et sans les armes. Coin supérieur de droite rapporté. Marges du cuivre.

MOREAU LE JEUNE (J. M.)

167. — Pouvoir de l'Amour. D'après J. B. Deshaye. 1771 (E. B. 241 — M. 98). Petit in-folio à l'eau-forte et au burin.

Très belle et rare épreuve *avant la lettre*. Marges.

MORLAND (d'après G.)

168. — The Squire's Door. Gravé par Levilly. In-fol. au pointillé.

Très belle épreuve *imprimée en couleurs*. Petites marges.

MORLAND (d'après G.)

169. — A Tea Garden. Gravé par Soiron. 1790. Ovale in-fol. au pointillé.

Très belle épreuve tirée en *bistre*. Filet de marge ovale et titre conservé. Encadrée.

MORLAND (d'après G.)

170. — The Farm Yard.
The Farmer's Stable.

Deux pièces faisant pendants. Gravées par W. Ward. 1795. In-fol. à la manière noire.

Très belles épreuves, avec l'adresse du graveur. Petites marges.

MORLAND (d'après G.)

171. — Travellers. Gravé par W. Ward. 1794. In-fol. à la manière noire.

Superbe épreuve *imprimée en couleurs*. Petites marges.

MORLAND (d'après G.)

172. — Stable Amusement. Gravé par Ward? In-fol. à la manière noire.

Charmante pièce en très belle épreuve. Filet de marge. Encadrée.

MORLAND (d'après G.)

173. — The Brown Jug, or Waggoner's Farevell.
The Flowing Bowl, or Sailors Return'd.

Deux pièces faisant pendants. Gravées par W. Barnard. 1802. In-fol. à la manière noire.

Très belles épreuves *imprimées en couleurs*. Filets de marges. Encadrées.

MORLAND (d'après G.)

174. — The Fern Gatherers. Gravé par J. R. Smith. 1799. In-fol. à la manière noire.

Très belle épreuve, *sans aucune lettre*. Filet de marges.

MORLAND (d'après G.)

175. — Summer Amusement.
Cottagers in Winter.

Deux pièces faisant pendants. Gravées par Williamson. 1806. In-fol. au pointillé.

Superbes épreuves *imprimées en couleurs*. Marges.

MORLAND (d'après G.)

176. — Variety. Gravé par Bartoloti. Petit in-fol. au pointillé.

Très belle épreuve tirée en bistre. Petites marges. Encadrée.

MORRET (J. B.)

177. — L'Escamoteur.
La Diseuse de Bonne Aventure.

Deux pièces faisant pendants. D'après Pasquier. In-fol. à l'aquatinte.

Très belles épreuves *imprimées en couleurs*. La première remargée, la seconde avec marges. Encadrées. Rares.

MORRET (J. B.)

178. — Mariage de Gaspard l'Avisé.
Cortège du Mariage de Gaspard l'Avisé.

Deux estampes faisant pendants. In-fol. à l'aquatinte.

Très belles épreuves *en couleurs*, avec marges. Encadrées.

MORRET (J. B.)

179. — La Faiseuse de Galette.
Les Flamands en belle Humeur.

Deux petits pendants d'après J. Auswach. In-8° au lavis de couleurs.

Superbes épreuves imprimées en couleurs. Marges. Rares.

PATERRE (d'après)

180. — Les Aveux indiscrets. Gravé par Larmessin. In-fol. au burin.

Très belle épreuve. Grandes marges.

PAYE (d'après R. M.)

181. — The little Volunteer. Gravé par Young. 1799. In-fol. à la manière noire.

Superbe épreuve *imprimée en couleurs*. Marges. Très rare en aussi belle condition.

Voir la Reproduction.

PETERS (d'après W.)

182. — MUCH ADO ABOUT NOTHING. Une des plus jolies scènes des illustrations de Shakspeare. Gravée par P. Simon. 1790. In-fol. au pointillé.

Superbe épreuve avec marges.

PETHER (W.)

183. — FELICITY. Portrait d'un jeune garçon, la mine réjouie, tenant son pot de bière. Peint et gravé par Wm Pether. 1791. In-fol. à la manière noire.

Superbe épreuve *imprimée en couleurs*. Elle est très fraiche et a toute sa marge. Rare en cet état.

Voir la Reproduction.

Petits Sujets en Médaillons

DES ARTISTES FRANÇAIS & ANGLAIS

DU XVIIIe SIÈCLE

BARTOLOZZI (Fr.)

184. — HOT COCKLES : La main Chaude. D'après Hamilton. Ovale au pointillé.

Très belle épreuve en *bistre*. Encadrée à l'ovale.

BOILLY (d'après)

185. — LA PRÉCAUTION. D'après l'estampe gravée par Tresca. Ovale au pointillé.

Superbe épreuve *imprimée en couleurs*. Encadrée à l'ovale.

Voir la Reproduction.

COLIBERT

186. — YOUNG ENGLISHMEN. Très jolie pièce dessinée et gravée par Colibert. 1785. Ovale au pointillé.

Superbe épreuve *imprimée en couleurs, avant la lettre*. Marges. Encadrée.

Voir la reproduction.

DE GOUY (A.-M.)

187. — La Bonne Mère. D'après l'estampe de Fragonard gravée par De Launay. Ovale en largeur, au pointillé.

Superbe et très fraiche épreuve *imprimée en couleurs*. Marges. Encadrée.

Voir la reproduction.

DELATTRE ET BARTOLOZZI

188. — Les Petits Savoyards.

Ma chère Amie.

Deux pendants d'après Regnaud et Hamilton. Médaillons au pointillé.

Très belles épreuves *imprimées en couleurs*. Encadrées en médaillons.

ÉCOLE ANGLAISE XVIIIe SIÈCLE

189. — Amusement.

Refreshment.

Deux charmantes petites pièces faisant pendants. Par Van Assen (?). Ovales au pointillé.

Superbes et fraiches épreuves *imprimées en couleurs*. Marges. Encadrées.

Voir la reproduction.

ÉCOLE ANGLAISE XVIIIe SIÈCLE

190. — Children Dancing. Sans noms d'artistes. Ovale au pointillé.

Très belle épreuve *imprimée en couleurs*. Encadrée à l'ovale.

N° 115. Huet.

N° 210. Reynolds.

THE MILK MAID

No 275. Tune

FASHIONS for the SUMMER 1831 BY B. READ, Pall Mall, S. James's & 12, Hart Street, Bloomsbury Sqr. LONDON.

N° [illegible] Modes.

ÉCOLE ANGLAISE XVIIIe SIÈCLE

191. — Children in the Wood. D'après Westall. Ovale au pointillé.

Très belle épreuve tirée en *bistre*. Encadrée à l'ovale.

ÉCOLE ANGLAISE XVIIIe SIÈCLE

192. — La tendre Mère. Jeune femme en grand chapeau à dentelle lui couvrant les yeux, tenant son bébé sur les genoux. Ovale au pointillé.

Très belle épreuve *en couleurs*. Encadrée à l'ovale.

GAUGAIN

193. — Young Shepherd playing Flute. Sans noms d'artistes. Ovale au pointillé.

Très belle épreuve *imprimée en couleurs*. Encadrée à l'ovale.

GÉRARD (d'après Mlle)

194. — L'Heureuse Maman. Sans nom de graveur. Médaillon au pointillé.

Très belle épreuve *imprimée en couleurs*, et tirée *sur soie*. Encadrée en médaillon.

GUYOT (L.)

195. — L'Oiseau privé. Médaillon au lavis de couleurs.

Superbe épreuve *imprimée en couleurs*. Fort rare. Encadrée en médaillon.

Voir la reproduction.

GUYOT (L.)

196. — Pastorales et Sujets mythologiques. Quatre petits médaillons imprimés sur une même feuille. In-4° au lavis de couleurs.

Superbe épreuve *imprimée en couleurs*. Elle est du 1er état, sans aucune lettre et avant la coupure du cuivre. Toutes marges. Rare en cet état.

GUYOT (L.)

197. — La Lecture interrompu *(sic)*.

Les Soins maternelle *(sic)*.

Deux petites estampes faisant pendants. D'après Vangorp. Médaillons au lavis de couleurs.

Très belles épreuves *imprimées en couleurs*. Petites marges. Encadrées en médaillons. Rares.

Voir la reproduction.

ISABEY

198. — Le Retour. Gravé par Mansold, d'après l'estampe de Darcis. Médaillon au pointillé.

Très belle épreuve *imprimée en couleurs*. Petites marges. Encadrée en médaillon.

Voir la reproduction.

JANINET (F.)

199. — Le Jeune Entreprenant. Dessiné et gravé par Jeanninet *(sic)*. Médaillon au lavis de couleurs.

Très belle épreuve *imprimée en couleurs*. Marges. Rare.

JOUBERT (à Paris chez)

200. — Camées d'après l'Antique. Réunion de cinq petits cercles groupés en forme de frise, sur une même feuille. Au pointillé.

Très belle épreuve en *camaïeu* blanc et rouge, sur fond sépia. Toutes marges. Rare.

JUKES

201. — See-Saw. Aquatint by Jukes. Ovale au lavis.

Très belle épreuve *imprimée en couleurs* et rehaussée. Encadrée à l'ovale.

Voir la reproduction.

KAUFFMAN (d'après Angelica)

202. — The Muses crowning the bust of Shakspeare. Charmante petite pièce gravée par Tomkins. Ovale au pointillé.

Superbe et fine épreuve *imprimée en couleurs*. Encadrée à l'ovale.

KAUFFMAN (d'après Angelica)

203. — The Birth of Shakespeare. Gravé par T. Burke. 1791. Ovale au pointillé.

Superbe épreuve *imprimée en couleurs*. Rare. Marges. Encadrée.

Voir la reproduction.

LEGRAND (?)

204. — Le Soir. D'après l'estampe de Lavreince gravée par Deny sous le titre *« Le Restaurant »*. E. B. 53. Sans nom de graveur. In-12 au pointillé.

Très belle épreuve. Marges. Coins du haut rapportés. Pièce fort rare, non décrite. Encadrée.

Voir la reproduction.

MILLER (G.)

205. — The Show. Petites filles regardant dans une boîte à transparence. D'après A. Van Assen. Médaillon au pointillé.

Très belle épreuve *imprimée en couleurs*. Encadrée en médaillon.

Voir la reproduction.

PIERSON (J.)

206. — Gathering Fruits.
Children Bird Nesting.

Deux estampes faisant pendants. 1797. Ovales au pointillé.

Très belles et rares épreuves *imprimées en couleurs*. Encadrées à l'ovale.

Voir la reproduction.

ROBERTS (P.)

207. — The Flute Player. D'après L. Phillips. 1797. Ovale au pointillé.

Très belle épreuve *imprimée en couleurs*. Encadrée à l'ovale.

ROMNEY (d'après G.)

208. — Serena. Portrait of *Miss Sneyd*. Gravé par T. B. Brown. Ovale au pointillé.

Superbe épreuve *imprimée en couleurs*, d'une jolie pièce, fort rare. Encadrée à l'ovale.

Voir la reproduction.

SHEPPARD (G.)

209. — Children Playing.
Dogs Fighting.

Deux estampes faisant pendants. D'après Hamilton et Houghton. Ovales au pointillé.

Très belles épreuves tirées en bistre. Encadrées à l'ovale.

SICARDI (d'après)

210. — Oh! che Gusto!
Come la Trovate!

Deux pièces faisant pendants, d'après les grandes estampes de Mécou. Ovales au pointillé.

Très belles épreuves *imprimées en couleurs*. Encadrées à l'ovale.

TOMKINS (d'après A.)

211. — Children gathering Grapes. Ovale gravé au pointillé.

Superbe épreuve *imprimée en couleurs*. Filet de marges. Encadrée à l'ovale.

VAN ASSEN (A.)

212. — The little Pedlar. Gracieuse petite estampe. Ovale au pointillé.

Superbe et fraiche épreuve *imprimée en couleurs*. Rare. Encadrée à l'ovale.

Voir la Reproduction.

VAN ASSEN (d'après A.)

213. — The tired Horse and urgent Jockey. Gravé par J. Burrows. 1793. Ovale au pointillé.

Très belle épreuve en *bistre*, avec marges. Encadrée.

VAN ASSEN (A.)

214. — Bob Cherry. Charmant sujet dessiné et gravé par Van Assen. 1790. Ovale au pointillé.

Superbe et fraiche épreuve *imprimée en couleurs*. Marges. Rare. Encadrée.

Voir la Reproduction.

WHEATLEY (d'après)

215. — Villager. Petit sujet gracieux, sans nom de graveur. Ovale au pointillé.

Très belle épreuve *imprimée en couleurs*. Marges. Encadrée.

Voir la Reproduction.

WHEATLEY (d'après)

216. — See-Saw. Gravé par Delatre. 1791. Médaillon au pointillé.

Très belle épreuve. Marges. Encadrée.

QUENEDEY

217. — Portraits gravés au Physionotrace. Intéressante réunion de 39 pièces : 31 Hommes, 8 Femmes.

Très belles épreuves, la plupart *imprimées en couleurs*.

RAMBERG (d'après J. H.)

218. — Her Royal Highness Princess Mary. Gravée par Tomkins. Ovale in-fol. au pointillé.

Très belle épreuve tirée en *bistre*. Filet de marge. Encadrée.

REYNOLDS (d'après Sir J.)

219. — Countess Spencer. Gravée par C. Hodges. 1785. In-fol. à la manière noire.

Très belle épreuve d'un joli portrait de dame en fourrures et bonnet de dentelles. Marges.

Voir la Reproduction.

REYNOLDS (d'après Sir J.)

220. — Miss Bingham.
Countess Spencer.

Deux beaux portraits de femmes faisant pendants. Gravés par F. Bartolozzi. In-4° au pointillé.

Très belles épreuves tirées en *bistre*, de la même tonalité. Sans marges. Encadrées.

REYNOLDS (d'après Sir J.)

221. — Miss Penelope Boothby. Très gracieux portrait d'enfant présenté dans un petit encadrement suspendu à un nœud de ruban. Gravé par T. Kirk. Petit in-4° au pointillé.

Très belle épreuve légèrement *bistrée*. Petite pièce formant miniature. Grandes marges.

RIDLEY

222. — Mrs Twistleton. D'après W. Naish. 1796. Ovale in-8° au pointillé.

Très belle épreuve délicatement rehaussée *en couleurs* de ce charmant portrait. Marges. Encadrée.

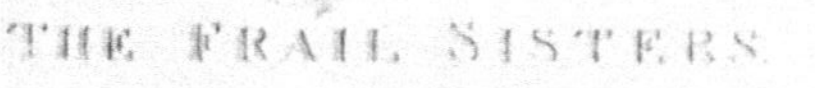

THE FRAIL SISTERS

N° 236. SMITH.

THE LOVELY BRUNETTE

N° 282. WARD.

N° 245. *Sport.*

SCENES [illegible] THE RO[illegible], OR A TRIP TO EPSOM A[illegible]

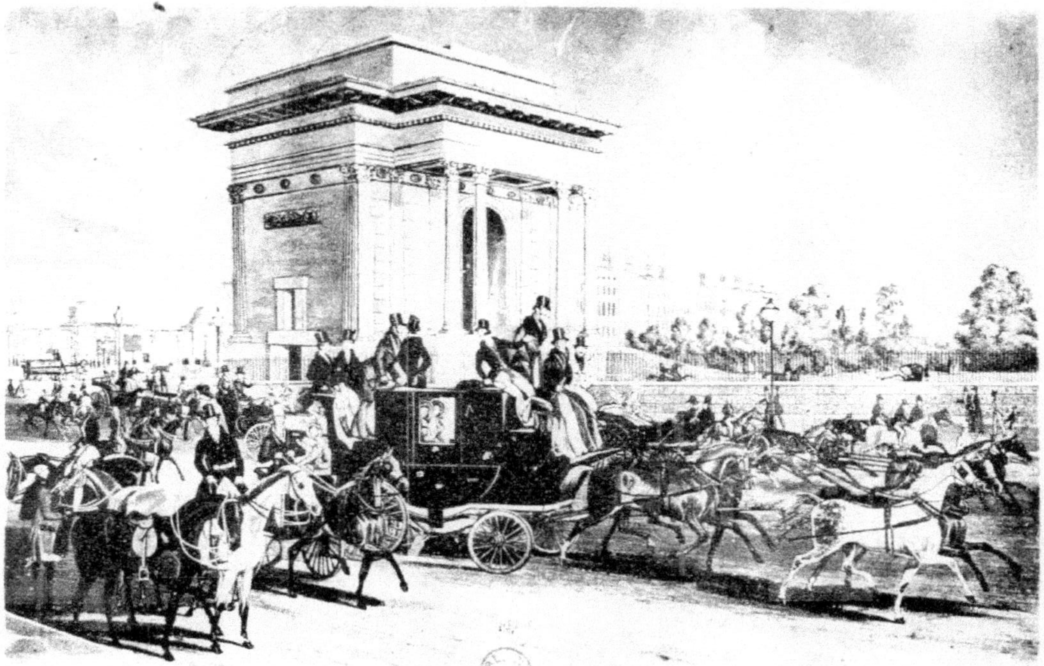

[illegible] CORNER.

N° 240. HARRIS.

ROWLANDSON (d'après Th.)

223. — A French Family.
An Italian Family.

Deux estampes faisant pendants. Gravées par Alken. 1786. In-fol. à l'aquatinte.

Très belles épreuves *en couleurs* de ces deux pièces bien connues, caricaturant le chanteur italien, le Danseur français et leur famille. Encadrées.

ROWLANDSON (d'après Th.)

224. — La Place des Victoires a Paris. Gravée par Alken. In-fol à l'aquatinte.

Très belle épreuve *en couleurs* d'une pièce intéressante et peu commune, montrant *Paris et ses embarras* vus par l'œil satirique du célèbre caricaturiste anglais. Encadrée.

RUOTTE

225. — Portrait de la Reine Marie-Antoinette, cheveux bouclés, voile drapé sur le derrière de la tête. D'après Césarine F... (Lord G. 327). Ovale in-8° au pointillé.

Très belle épreuve *imprimée en couleurs*. Marges. Encadrée.

RUOTTE (?)

226. — Marie Thérèse Charlotte fille de Louis XVI, âgée de 17 ans, dans la Prison du Temple. *Dessinée au Télescope*, d'après nature, en 1795. Ovale in-4° au pointillé.

Très belle épreuve *en couleurs*. Marges. Encadrée.

RUSSELL (J.)

227. — Cottage Children D'après J. Russell. Ovale au pointillé.

Très belle épreuve tirée en *bistre*. Encadrée à l'ovale.

St-AUBIN (Aug. de)

228. — Louise Emilie Baronne de *Breteuil*.
Adrienne Sophie Marquise de *St Aubin*.

Deux beaux portraits faisant pendants (E. B. 7 et 173). In-4° au burin.

Très belles épreuves. La Baronne est avec la bonne adresse, rue des Mathurins ; la Marquise est *avant l'adresse*.

St-AUBIN (d'après Aug. de)

229. — Tableau des Portraits a la Mode.
La Promenade des Remparts de Paris.

Deux estampes faisant pendants. Gravées par P. F. Courtois (E. B. 378, 382). In-fol. au burin.

Très belles épreuves ayant un peu de marges au-delà du cuivre.

SCHALL (d'après F.)

230. — Le Choix Naturel. Gravé par Vionet. In-fol. au pointillé.

Très belle épreuve *imprimée en couleurs*. Marges. Rare.

SCHALL (d'après F.)

231. — Le Panier renversé. Gravé par E. Beisson. Ovale in-fol. au pointillé.

Très belle épreuve *en couleurs*, d'une des plus jolies compositions du XVIIIe siècle. Encadrée.

SCHALL (d'après F.)

232. — Le Panier renversé. Gravé par Ruotte. Même sujet que le précédent, gravé sous le 1er Empire. L'Amant entreprenant est supprimé et remplacé par un buisson de roses et la jeune femme est simplement en extase amoureuse. Sujet carré, in-fol. au pointillé.

Très belle épreuve *en couleurs*. Marges. Encadrée.

SHERWIN (J. K.)

233. — A Lady at her Toilet. Dessiné et gravé par Sherwin. Charmante figure de femme en grand chapeau à plumes et dentelle. In-4° au pointillé.

Très belle épreuve tirée en *bistre*. Du *premier état*, sans le titre. Grandes marges.

Voir la Reproduction.

SINGLETON (d'après H.)

234. — Ale House Door.
The Fire Side.

Deux estampes faisant pendants. Gravées, la première par Nutter, la seconde par Barney. In-fol. au poïntillé.

Très belles et fraiches épreuves *imprimées en couleurs*. Filets de marges. Encadrées.

SMITH (J. R.)

235. — SERENA AND FLIRTILLA. Jolie pièce ovale dessinée et gravée par Smith. Petit in-fol. au pointillé.

Très belle épreuve tirée en *bistre*. Petites marges. Encadrée à l'ovale.

SMITH (d'après J. R.)

236. — THE FRAIL SISTERS. Engraved by J. Hogg. 1786. Médaillon in-4° au pointillé.

Très belle épreuve tirée en *bistre*, avec l'adresse de Smith. Marges. Rare.

Voir la Reproduction.

SPENCER (d'après la Comtesse L.)

237. — THE TENDER MOTHER. Gravé par James Gillray. London publ. 1787 by Vivares. Ovale in-fol. au pointillé.

Très belle épreuve tirée en *bistre*. Pli. Marges.

SPILSBURY (d'après Maria)

238. — CHILDREN GOING TO SCHOOL. Gravé par Ch Turner. In-fol. à l'aquatinte.

Très belle épreuve. Filet de marge.

SPORTS (ESTAMPES SUR LES)

ALKEN (H.)

239. — Fox Hunting : *Going into cover. — The Death.* Deux pièces faisant pendants. Gravées par J. Clark. 1820. Petit in-fol. à l'aquatinte.

Très belles épreuves *en couleurs.* Marges.

ALKEN (H.)

240. — Fox Hunting : *Going to Cover. — Breaking Cover. — Full Cry. — The Death.*

Suite complète de quatre pièces gravées par Sutherland. *London publ. 1821.* In-fol. à l'aquatinte.

Très belles épreuves *en couleurs.* Grandes marges.

ALKEN (H.)

241. — Fox Hunting. Deux pièces faisant pendants. Gravées par Sutherland. Vers 1820. In-fol. à l'aquatinte.

Très belles épreuves *en couleurs.* Petites marges.

ALKEN (H.)

242. — The right sort to do it. Suite de six pièces sur la façon dont un gentleman doit se tenir à la chasse. *London publ. 1819 by Fuller.* In-fol. à l'aquatinte.

Très belles épreuves *en couleurs.* Marges.

ALKEN (H.)

243. — Hawking. Estampe sur la chasse au faucon, gravée par J. Clark. 1820. Petit in-fol. à l'aquatinte.

Très belle épreuve *en couleurs*. Marges.

ANONYME

244. — The Coach of Safety *of the Marquis of Landsdown*. Cette curieuse voiture inversable fut inventée pour le noble Marquis par le carrossier J. Hatchett (1825). Deux planches in-fol. à l'aquatinte.

Très belles épreuves *en couleurs* avec rehauts d'argent. Marges.

C. C. H.

245. The Park. « *It was post meridian half past four* ». Lithographie publiée vers 1820, représentant *Hyde Park Corner* à quatre heures de l'après-midi.

Très belle épreuve *coloriée*. Marges. Doublée. Rare. Encadrée.

Voir la Reproduction.

CLARK (J.)

246 — The Hunter. Beau cheval de chasse, d'après H. Alken. In-4° à l'aquatinte.

Très belle épreuve *en couleurs*. Marges.

CRUICKSHANK (G.)

247. — COMING IT!
GOING IT!

Deux estampes satiriques, publiées en 1824, sur la promenade favorite des Anglais à *Hyde Park*. In-fol. à l'aquatinte.

Très belles et fraîches épreuves *en couleurs*. Marges.

DUBOURG

248. — GRAND STAND, DONCASTER RACES. In-fol. à l'aquatinte.

Très belle épreuve *en couleurs*. Sans marges. Encadrée.

HARRIS (J.)

249. — HYDE PARK CORNER. Scenes on the Road, or a Trip to Epsom and Back. Belle pièce de voitures, d'après Pollard, publiée en 1838. In-fol. à l'aquatinte.

Très belle épreuve *en couleurs*. Marges.

Voir la Reproduction.

HARRIS

250. — THE BRIGHTON DAY MAILS PASSING OVER HOOKWOOD COMMON. Belle planche de voitures. In-fol. à l'aquatinte.

Très belle et fraîche épreuve *imprimée en couleurs*. Sans marges. Titre conservé. Encadrée.

HERRING

251. — THE OXFORD AND OPPOSITION COACHES. Estampe publiée en 1818. In-fol. à l'aquatinte.

Très belle épreuve *en couleurs*. Sans marges. Encadrée.

HOWETT (S.)

252. — HUNTING A HOG DEER.

THE HOG DEER AT BAY.

Deux estampes de chasse aux Indes, faisant pendants. Gravées par H. Merke. 1807. In-fol. à l'aquatinte.

Très belles épreuves *en couleurs*. Marges. Encadrées.

HUNT (Ch.)

253. — GRAND STAND, GOODWOOD, *Coming in for the Gold Cup*. 1838. Grand in-fol. à l'aquatinte.

Superbe épreuve *imprimée en couleurs*, avec rehauts. Marges. Encadrée.

HUNT (Ch.)

254. — GRAND STAND, ASCOT, *Gold Cup Day*. 1839. D'après J. F. Herring. Grand in-fol. à l'aquatinte.

Très belle épreuve *en couleurs*. Marges. Encadrée.

HUNT (C. H.)

255. — Vale of Aylesbury Steeple Chase. Planche de Course, d'après F. C. Turner. 1836. In-fol. à l'aquatinte.

Très belle épreuve *en couleurs*. Marges.

NEWHOUSE (C. B.)

256. — Gretna Gren : *One mile from Gretna. — An Arrival at Gretna*. Deux pièces faisant pendants sur la localité voisine de Londres, chère aux amoureux. *London publ. 1833*. Petit in-fol. à l'aquatinte.

Très belles épreuves *en couleurs*, sur papier teinté.

PAUL (T. D.)

257. — A Trip to Melton Mowbray. Suite de douze pièces en forme de frises, imprimées sur six feuilles. Elles représentent les inconvénients des voyages, en voiture, à la chasse, etc. In-fol. à l'aquatinte.

Très belles épreuves *en couleurs*. Suite rare à rencontrer complète.

POLLARD (J.)

258. — The Four-in-Hand Club. Hyde Park. Gravé par Harris. In-fol. à l'aquatinte.

Très belle épreuve *en couleurs*. Doublée. Petites marges. Encadrée. Très rare.

Voir la reproduction.

POLLARD (J.)

259\. — EPSOM RACES :
NOW THEY ARE OFF.
HERE THEY COME.

Deux planches de courses en 1834. Gravées par Smart et Hunt. In-fol. à l'aquatinte.

Très belles épreuves *en couleurs*. Petites marges.

POLLARD (J.)

260\. — DONCASTER RACES. Horses starting for the great St-Léger Stakes. 1832. Gravé par Smart et Hunt. In-fol. à l'aquatinte.

Très belle épreuve *en couleurs*. Petites marges.

POLLARD (J.)

261\. — NORTH COUNTRY MAILS AT THE PEACOCK, ISLINGTON. Gravé par Sutherland. 1823. Gr. in-fol. à l'aquatinte.

Très belle épreuve en couleurs. Le titre, qui avait été autrefois enlevé pour l'encadrement, a été remis à sa place.

POLLARD (d'après J.)

262\. — HIS MAJESTY KING GORGE IV TRAVELLING. Le Roi, dans sa voiture, à *Hyde Park* est salué par les promeneurs. Gravé par M. Dubourg. 1821. In-fol. à l'aquatinte.

Très belle épreuve *en couleurs*. Petites marges.

REEVE (R. G.)

263. — A False Alarm on the Road to Gretna.
One mile from Gretna.

Deux pièces sur les voitures, faisant pendants. D'après Newhouse. In-fol. à l'aquatinte.

Très belles épreuves *en couleurs*. Petites marges.

REEVE (R. G.)

264. — The Royal Mails Departure from the General Post Office, London. D'après J. Pollard. Gr. in-fol. à l'aquatinte.

Très belle épreuve *en couleurs*. Marges du cuivre.

REEVE (R. G.)

265. — Fox Hunting. Deux planches de chasse au renard, faisant pendants. D'après Wolstenholme. 1808. In-fol. à l'aquatinte.

Très belles épreuves *en couleurs*. Petites marges. Doublées.

ROWLANDSON (Th.)

266. — English Travelling or the first stage from Dover.
French Travelling or the first stage from Calais.

Deux belles pièces de diligences faisant pendants. Gravées par Rowlandson et Jukes. 1792. In-fol. à l'aquatinte.

Très belles épreuves *en couleurs*. Montées en dessins. Encadrées.

ROWLANDSON

267. — Mail Coach.

Cabriolet.

Deux estampes légèrement satiriques, gravées par Rowlandson. 1791. In-fol. à l'aquatinte.

Très belles épreuves *en couleurs*. Sans marges. Encadrées.

SUTHERLAND

268. — Fox Hunting. Breaking Cover. D'après Alken. In-fol. à l'aquatinte.

Très belle épreuve en partie *imprimée en couleurs*. Doublée. Marges.

VERNET (C.)

269. — La Chasse. Gravée par Debucourt (M. F. 141). An X. In-fol. à l'aquatinte.

Très belle épreuve légèrement *bistrée*. Marges du cuivre.

WOLSTENHOLME (d'après)

270. — Stag Hunt. Suite de quatre planches gravées par Reeve vers 1820. In-fol. à l'aquatinte.

Très belles épreuves *en couleurs*. Petites marges.

TURNER (C.)

271. — The Milk Maid. D'après W. Pearce. In-fol. à la manière noire.

Superbe épreuve, *imprimée en couleurs*, d'une très belle pièce décorative. Marges.

Voir la reproduction.

TURNER (C.)

272. — The Savoyards. D'après H. Singleton. 1800. In-fol. au pointillé.

Très belle épreuve *imprimée en couleurs*. Marges du cuivre.

TURNER (d'après C.)

273. — The Woodman's Repast. Gravé par G. Frailing. 1799. In-fol. au pointillé et à l'aquatinte.

Superbe épreuve *imprimée en couleurs*. Marges. Encadrée.

VANGORP

274. — La Demande acceptée.

L'Heureuse Famille.

Deux pièces faisant pendants. In-fol. au pointillé.

Très belles épreuves *imprimées en couleurs*. Sans marges.

VERNET (d'après C.)

275. — Oh ! c'est bien ça. Pièce de mœurs publiée pendant le séjour des Alliés à Paris. Gravée par Levachez. In-fol. au lavis.

Très belle et fraiche épreuve en couleurs. Marges.

VIGÉE LE BRUN (d'après Mme)

276. — Infant Piety (*This Portrait of* Mlle Le Brun *painted by Mme Le Brun*). Gravé par Ch. Slater. 1791. In-4° au pointillé.

Charmant portrait d'enfant, en épreuve superbe tirée en *ton bistré*. Marges. Très rare.

Voir la reproduction.

VIGÉE LE BRUN (d'après Mme)

277. — Her Royal Highness the Duchess of York. Gravée par M. A. Bourlier. 1806. In-4° au pointillé.

Très belle épreuve *imprimée en couleurs*, avec toute sa marge.

VIGÉE LE BRUN (d'après Mme)

278. — Marie Gabrielle de Sinety, mariée en 1779 à A. J. H., *Mis de Gramont, Duc de Caderousse*, morte en 1820. Par Belliard. in-fol. en lithographie.

Charmant portrait de dame en très belle épreuve *en couleurs*. Marges. Encadré.

WARD (J.)

279. — The mother's bribe.
The clean Face rewarded.

Deux magnifiques estampes décoratives, faisant pendants. Dessinées et gravées par Ward, et publiées par lui-même en 1801. In-fol. à manière noire.

Superbes épreuves, très fraiches. Petites marges.

Voir la reproduction.

WARD (d'après J.)

280. — Poultry market. Gravé par W. Ward. In-fol. à la manière noire.

Superbe épreuve *imprimée en couleurs.* Sans marges. Encadrée.

WARD (W.)

281. — Louisa. Dessinée et gravée par W. Ward. *London publ. 1786 by J. R. Smith*. Ovale in-4° au pointillé.

Superbe et très fraîche épreuve tirée en *bistre*, d'une tonalité très chaude. Petites marges.

WARD (d'après W.)

282. — Lovely Brunette. Engraved by E. Williams. Ovale petit in-4° au pointillé.

Superbe et très fraîche épreuve entièrement *imprimée en couleurs* d'un des plus gracieux portraits de femme de l'École anglaise. Petites marges. Encadrée à l'ovale.

Voir la reproduction.

WARD (d'après W.)

283. — Almeida. Estampe faisant pendant à la précédente. Miss Ollivier, sculp. Ovale petit in-4° au pointillé.

Très belle épreuve *imprimée en couleurs*. Petites marges. Encadrée à l'ovale.

WARD (d'après W.)

284. — The Musing Charmer. Gravé par Bartolonii. Médaillon in-4° au pointillé.

Très belle épreuve *imprimée en couleurs*. Marges.

WATSON (C.)

285. — Mrs George Hay-Drummond and Children. D'après Shelley. 1789. Ovale in-8° au pointillé.

Très belle épreuve d'une jolie petite pièce formant miniature. Marges.

WATTEAU (d'après A.)

286. — L'Amour au Théatre François. Gravé par Cochin (E. de G. 65). In-fol. au burin.

Charmante pièce en très belle épreuve. Petites marges. Tableau au Musée de Berlin.

N° 279. Ward.

LEÇON D'AMOUR — AMORIS DOCUMENTUM

N° 292. Watteau.

LES CHARMES DE LA VIE — VITÆ ILLECEBRÆ

N° 288. WATTEAU.

Nº 295. Wheatley.

WATTEAU (d'après A.)

287. — La Rêveuse.

L'Amante inquiète.

Deux pièces faisant pendants. Gravées par P. Aveline (E. de G. 88 et 81). Petit in-fol. au burin.

Très belles épreuves. Filets de marges.

WATTEAU (d'après A.)

288. — Les Charmes de la Vie. Gravé par P. Aveline (E. de G. 117). In-fol. au burin.

Très belle épreuve. Marges du cuivre. Tableau dans la collection Wallace.

Voir la reproduction.

WATTEAU (d'après A.)

289. — La Colation. Gravée par Moyreau (E. de G. 118). In-fol. au burin.

Très belle épreuve. Petites marges.

WATTEAU (d'après A.)

290. — La Diseuse d'Aventure. Gravée par Cars. (E. de G. 127). In-fol. au burin.

Très belle épreuve. Petites marges.

WATTEAU (d'après A.)

291. — L'Ille de Cithère. Gravée par Larmessin (E. de G. 140). In-fol. au burin.

Très belle épreuve. Marges.

WATTEAU (d'après A.)

292. — Leçon d'Amour. Gravée par Mercier (E. de G. 144 *bis*). In-fol. au burin.

Très belle épreuve de cette jolie composition, dont le tableau est à Berlin. Doublée. Marge du bas seule. Encadrée.

Voir la reproduction.

WATTEAU (d'après A.)

293. — Le Lorgneur.
L'Accord parfait.

Deux pièces faisant pendants. Gravées par Scotin et Baron (E. de G. 146 et 97). In-fol. au burin.

Très belles épreuves avec petites marges.

WATTEAU (d'après A.)

294. — Le Conteur de Fleurettes.
Le qu'en dira-t-on.

Deux pièces faisant pendants. Gravées par Crépy fils (E. de G. 121 et 159). In-4° à l'eau-forte et au burin.

Très belles épreuves du 1er *état*, avec l'adresse de Saint-Yves pour la première et avant celle de Basset (seule connue de Goncourt) pour la seconde. Filet de marges.

WATTEAU (d'après A.)

295. — SAVOYARD avec sa marmotte (nº 6). Étude pour le tableau de la *Marmotte*. Planche gravée par Boucher pour les *Figures de différents Caractères*. In-fol. à l'eau-forte.

Très belle épreuve en deux états : 1º sans fond ; 2º avec le paysage ajouté par Huquier. Marges.

WESTALL (R.)

296. — A GIRL GOING TO FETCH WATER.
A GIRL RETURNING FROM MARKET.

Deux pièces faisant pendants. Dessinées et gravées par Westall, 1799. In-fol. au pointillé et à l'aquatinte.

Superbes épreuves *imprimées en couleurs*, avec rehauts, sur papier teinté. *Premier tirage* avec l'adresse du graveur et la lettre ouverte. Rares.

WESTALL (d'après R.)

297. — LITTLE RED RIDING HOOD. Gravé par Hellyer et Gaugain. In-fol. oblong au pointillé.

Superbe épreuve *imprimée en couleurs*, avec les noms des artistes à la pointe, *sans autre lettre*. Marges.

WHEATLEY (d'après F.)

298. — THE FISHERMAN'S DEPARTURE.
THE FISHERMAN'S RETURN.

Deux estampes décoratives, faisant pendants. Gravées par J. Barney. In-fol. au pointillé.

Très belles épreuves *imprimées en couleurs*. Marges.

WHEATLEY (d'après F.)

299. — Rustic employement. London publ. by Tessari. Vers 1795. In-fol. au pointillé.

Superbe épreuve *imprimée en couleurs*. Très fraîche. Marges. Encadrée.

Voir la reproduction.

WHEATLEY (d'après F.)

300. — Calculation.
Credulity.

Deux pièces faisant pendants. Gravées par A. Cardon. 1798. In-fol. au pointillé.

Très belles épreuves *imprimées en couleurs*. Sans marges. Encadrées.

WHEATLEY (d'après F.)

301. — *All that of Love can be expres'd...* Portrait de *Mrs Wheatley* représentée assise sur un sopha et lisant une lettre. Gravé par R. Stanier. 1788. Ovale petit in-fol. au pointillé.

Très belle épreuve tirée en *bistre*, avec bonnes marges.

FRAZIER-SOYE

GRAVEUR-IMPRIMEUR

153-155-157, Rue Montmartre

PARIS

RED. :

20

www.ingramcontent.com/pod-product-compliance
Lightning Source LLC
LaVergne TN
LVHW020325230826
846091LV00003B/769

* 9 7 8 2 3 2 9 2 4 0 4 7 3 *